Mein Name ist Seraina Ledergerber, ich bin 15 Jahre alt und komme aus Gossau SG. Mit viel Leidenschaft und Ehrgeiz schrieb ich dieses Buch als meine Selbstständige Projektarbeit (SPA) für die Schule.

Ich weiss, wer du bist

Seraina Ledergerber

www.tredition.de

© 2019 Seraina Ledergerber
Umschlag, Illustration: Seraina Ledergerber
Lektorat, Korrektorat:
Barbara Frehner, Cornel Ledergerber
Weitere Mitwirkende: Chris Zehnder

Verlag & Druck: tredition GmbH, Hamburg

	ISBN
Paperback	978-3-7482-3070-0
Hardcover	978-3-7482-3071-7
e-Book	978-3-7482-3072-4

Kapitel 1:

Es war 06:00 Uhr morgens, als mein Wecker klingelte. Kurz darauf rief mich auch schon Lexa Jennings, meine beste Freundin, an. Sie war schon immer eine wichtige Person in meinem Leben, vor allem in der Zeit nach dem tödlichen Unfall meiner Mutter. Sie war die einzige Person, die jederzeit für mich da gewesen ist. In meiner depressiven Phase war sie diejenige, die mir Hoffnung gegeben und gezeigt hatte, dass das Leben immer noch positive Seiten hat. Wenn ich wieder einmal eine Existenz-krise hatte, blieb sie mit mir die ganze Nacht wach und hat mit mir darüber diskutiert. Lexa hat mir geholfen, mein Leben wieder in den Griff zu krie-gen. Mein Vater dagegen hat sich nur um sich selbst gekümmert, ist abgetaucht und hat sich erst nach genau drei Monaten und vier Tagen wieder-holtem nächtlichem Betrinken bei mir gemeldet. Aber genug über meinen Vater; Lexa rief mich an, wie sie es jeden Morgen tat, um zu fragen, wie es mir gehe. „Guten Morgen, hast du gut geschlafen?", fragte sie mich. „Was bist denn du für ein Morgenmensch, es ist kurz nach 06:00 Uhr und du rufst an, als hättest du eine Million gewonnen", beklagte ich mich bei ihr. Sie erinnerte mich daran, dass sie ein Date hatte. „Bitte hilf mir Ali, ich weiss nicht was ich anziehen soll. Ich habe zwei Ideen, die erste ist, eine normale schwarze Hose mit den süssen neuen High Heels und dem Gucci Gürtel, den ich letzte Woche gekauft habe oder das kurze, enge Kleid und dazu die tollen Michael Kors Ohrringe meiner Oma?", fragte sie mich verzweifelt. Da ich wusste, dass Lexa nicht der Typ für kurze, enge Kleider war, riet ich ihr zur ersten Variante, aber mit Jeans. Bevor sie auflegte, musste sie mir versprechen, mich nach dem Date anzurufen, Ihr Liebesleben war nämlich tausend mal spannender als meins. Da ich nichts Essbares mehr zu hause hatte, ging ich zuerst einkaufen und danach holte ich mir einen Kaffee vom gegenüberliegenden

Starbucks. Es erstaunte mich sehr, dass es an diesem Tag so voll war. Und einmal mehr war ich froh, dass ich Autorin geworden war und somit meine Arbeitszeiten selbst bestimmen konnte. Ich stand gefühlte fünf Stunden in dieser Schlange, als ich endlich einen Latte mit Schoko-Sauce bestellen konnte. Nach dem Zahlen nahm ich meinen überteuerten, sehr heissen Kaffee und lief los. Doch ich kam nicht weit, da ich auf einmal mit jemandem zusammenstiess. Ich fiel auf den Boden, verschüttete meinen Kaffee und fluchte, weil es sehr weh tat. Der attraktive, junge, braunhaarige Mann, mit dem ich zusammengestossen war, half mir aufzustehen und entschuldigte sich sehr freundlich: „Oh, entschuldigen Sie bitte, ich war so in meinem Buch vertieft, dass ich Sie gar nicht gesehen habe. Darf ich Ihnen einen neuen Kaffee offerieren?". Da ich in meinen Gedanken schon unsere Hochzeit plante, hörte ich ihm gar nicht zu, nickte, lachte und hoffte, dass er etwas Lustiges erzählt hatte. Er fragte, ob ich einen mittleren oder einen grossen Kaffee wollte. Obwohl ich mich nicht sah, wusste ich, dass ich ein knallrotes Gesicht hatte. „Ich würde gerne einen grossen haben!" Nach meiner Antwort wurde auch er ein bisschen rot im Gesicht und stellte sich in die Schlange, um mir meine Kaffee zu holen. Als er sich entfernte, konnte ich endlich wieder klar denken. Wow, dieser Mann verdrehte mir wirklich den Kopf. Mir kamen auf einmal so viele Fragen in den Sinn; Wie hiess er?, War er single?, Wie konnte er so perfekte Haare haben?, Von wo kam er?, Was war sein Beruf?, Wie alt war er?. Auf einmal hörte ich eine Stimme: „Ich sollte mich vorstellen, mein Name ist Zayn McRae, und wie heissen Sie?", fragte er und drückte mir einen Kaffeebecher in die Hand. Ich nahm direkt einen Schluck, weil mein Mund sehr trocken geworden war. „Ich..ich bin Alison Markel, aber alle nennen mich Ali", stotterte ich. „Ich muss jetzt zu einer Sitzung, es hat mich gefreut dich kennen zu lernen, Ali. Hoffentlich rufst du mal an", sagte er, während er aus dem Starbucks lief. „Hey, warten Sie Zayn, ich habe ihre Nummer gar nicht", schrie ich ihm nach, doch er hörte mich nicht mehr. Verdammte Scheisse sah dieser Typ gut aus. Nachdem ich noch gefühlte 50 Minuten zur Tür, aus dieser er verschwunden war, starrte, klingelte plötzlich mein Telefon und ich zuckte zusammen. Auf dem Handy stand Anruf von Lexa. Natürlich nahm ich direkt ab und fragte, wie ihr Date gelaufen war. Sie erzählte, dass sie sich schon zu einem weiteren Date mit ihm verabredet hatte und er anscheinend genau so war, wie sie ihn sich erhofft hatte. „Er arbeitet mit seinem Bruder in der Firma seines Vaters, hat er mir erzählt. Die Firma seines Vaters kauft alte Häuser, renoviert sie und verkauft sie dann für doppelt so viel Geld wie vorher", erzählte sie mit viel Leidenschaft. „Das finde ich ja toll, aber ich will mehr über ihn erfahren, nicht über die Firma seines Vaters! Wie heisst denn dein Prinz überhaupt?", fragte ich gespannt. „Er heisst Ezra, ist zwanzig Jahre alt, hat schöne kastanienbraune Augen und eine Ausstrahlung wie ein Hollywood Star!" schwärmte sie. Ich freute mich sehr für Lexa, doch eifersüchtig war ich trotzdem ein wenig. Lexa hatte nämlich nie grosse Mühe jemanden kennen zu lernen. Sie war immer die Hübschere von uns beiden gewesen. Nachdem unser Gespräch zu Ende war, machte ich mich mal an meine Arbeit. Mein neues Buch sollte von einem Mädchen handeln, die die Pubertät durchlebte und Schwierigkeiten mit ihrem Leben hatte. Es sollte vorkommen, dass sie zum ersten Mal ihre Tage bekommen hatte und dann nicht genau wusste, was sie machen sollte. Diese Geschichte sollte mein Leben widerspiegeln, denn als ich zum ersten Mal meine Tage bekommen hatte, hatte ich genauso wenig einen Plan, wie ich hätte reagieren sollen. Mit diesem Buch forderte ich mich selbst hinaus, denn sonst war ich eher eine Horror-, Psycho- oder Thriller- Autorin, doch ich wollte mal etwas ganz

Neues ausprobieren. Das ich mich selbst herausforderte, bemerkte ich schnell. Nach einer Woche intensivem Schreiben hatte ich erst acht Seiten geschrieben und das war einfach viel zu wenig. Jedoch reizte es mich einfach weiter zu schreiben, da mir dieses Buch sehr am Herzen gelegen war. Als ich dann mal fertig war mit Schreiben für diesen Tag, checkte ich mein Handy. Ich bekam in der Zwischenzeit drei Nachrichten, alle davon waren von Lexa. Wir hatten uns geeinigt, an diesem Abend noch im Club 99 wieder einmal richtig feiern zu gehen. Nur schon beim Gedanken daran spürte ich meine Alkoholvergiftung vom letzten Feiern. Bei diesem Gedanken musste ich schmunzeln. Ein Blick auf die Zeit verriet mir, dass ich noch genug Zeit hatte, um mich fertig zu machen. Wie alle Frauen brauchte ich halt länger im Bad, und so vergingen eine Stunde und zwanzig Minuten wie im Flug. Heute fühlte ich mich besonders chic, mit meiner schwarzen V- Ausschnitt Bluse, meinem auffällig roten Rock, meinen von mir sehr gefeierten schwarzen Pumps und meinem extra roten Lippenstift. Aber das Highlight war natürlich meine schwarze Gucci Tasche. Ich fühlte mich jung, ich fühlte mich hübsch und ich fühlte mich bereit, es wieder mal krachen zu lassen. Voller Energie lief ich von meiner Wohnung zu meinem Auto und fuhr los. Ich liebte es mit meinem spritzigen weissen VW Golf rum zu flitzen,- das war meine Leidenschaft. Bei Lexa´ s Strasse angekommen, hielt ich an und sah sie schon am Strassenrand warten. Sie stieg ein und schaute mich mit diesem „Ich wusste schon immer, in dir steckt mehr"- Blick an. Ich blickte sie mit meinem „Ach komm, so toll seh ich nicht aus"- Blick an, obwohl ich zugegebenermassen wusste, dass ich hammer aussah. Sie lachte und ich drückte ordentlich aufs Gaspedal. Nachdem wir unsere Ausweise gezeigt hatten, liess uns der Türsteher in die VIP Zone. Lexa´ s verflossener Liebe Jake gehörte der Club und sie durfte immer kostenlos rein. Nach zwei Tequilashots waren wir auch schon bereit zu tanzen. Und da kam es, unser Lied. Das Lied, bei dem wir immer den Mittelpunkt auf der Tanzfläche darstellen. Es war das Lied: Hot in Here von Nelly, das wir so feierten. Wir tanzten und tranken viel zu viel Alkohol, doch wir lachten so viel, wie wir es schon lange nicht mehr getan hatten. Ganz betrunken beschloss ich mal frische Luft zu holen und ging nach draussen vor den Club. Ich checkte die sozialen Netzwerke wie Instagram und Snapchat und natürlich wie immer die neusten Nachrichten. Und da sah ich ihn, den Typen aus dem Starbucks. Um mich an den Namen zu erinnern war ich viel zu betrunken. Fast stolpernd rannte ich zurück in den Club zu der mit drei Jungen tanzenden Lexa. „Komm Lexa, ich muss dir etwas zeigen, schnell!", schrie ich der lauten Musik wegen. Auch sie war sehr betrunken, aber sie folgte mir nach draussen. „Na dann zeig mal", sagte sie. Ich zeigte ihr also das Bild von dem

Typen. „Woooowwww was für eine Schnitte ist das denn, wann hast du denn den kennen gelernt", fragte sie erstaunt. „Heute, hihi, heute im Starbucks", lachte ich stolz und völlig betrunken. Wir gingen wieder hinein und tranken auf meinen „Fang". Das nächste, was wir tranken, waren fünf Tequilashots. Nachher gab es ein Trinkspiel, Wahrheit oder Shot hiess es. Zum Glück kannte mich niemand in diesem Club. Ich trank noch einen „Boomer" und danach war ich stockbetrunken. Alles was ich von da an noch wusste war, dass ich auf den Tischen getanzt hatte.

Kapitel 2:

Ich erwachte am nächsten Morgen ruckartig, aber ou ja, ich rannte so schnell ich konnte auf die Toilette, öffnete den Deckel und übergab mich. Irgendetwas war anders, aber ja da kam noch mehr rauf. Das war zwar mein Badezimmer, aber wie war ich wieder nach Hause gekommen? „Lexa", rief ich halblaut. Aber niemand gab mir eine Antwort. Meine Beine schafften es kaum bis zu meiner Couch und ich schlief wieder ein. Als ich dann wieder erwachte, sass jemand auf meinem Wohnzimmersessel, doch wer war das? Ich rieb mir meine Augen, doch sie waren viel zu müde, um sich auf die Person zu fokussieren. Also beschloss ich einfach zu fragen: „Wer zum Teufel bist du und was machst du in meiner Wohnung?" „Ach du bist wach, sehr gut, willst du eine Schmerztablette?", fragte eine Männerstimme. Heilige Scheisse, ich tastete meinen Körper ab und ich war so erleichtert, als ich meinen Rock an mir spürte. „Ja bitte, mein Kopf zersplittert gleich", sagte ich, mit einer zittrigen Stimme. Der Unbekannte reichte mir ein Glas Wasser und eine Tablette. Nachdem ich die Tablette geschluckt hatte, nahm er mir das Glas aus der Hand und probierte mich aufzuziehen, doch körperlich war ich noch nicht bereit um aufzustehen. Ich hörte ihn leise fluchen und spürte nur noch seine gut trainierten Schultern an meiner Brust. Er trug mich in mein Schlafzimmer, deckte mich zu und schloss die Tür hinter sich als er das Zimmer verliess. Wenn es ein Einbrecher wäre, hätte er sich nie so um mich gekümmert, dachte ich beruhigt und schloss die Augen. „Lexa, Lexa, wo ist Lexa, scheisse, scheisse, scheisse", schrie ich mit erhöhtem Puls bevor ich einschlief.

Mit gemischten Gefühlen sah ich auf die Uhr auf meinem Handy. Sie zeigte 17:23 Uhr. Nicht zu fassen, dass ich so lange geschlafen hatte. Mit höllischen Kopfschmerzen, machte ich mich auf den Weg zu meinem Kühlschrank in der Küche. Ich hatte den mit Abstand verrücktesten Traum meines Lebens. Ein fremder Mann war in meiner Wohnung und hat sich um mich gekümmert. „Pfff hatte wohl einen Shot zu viel gestern Abend", dachte ich mir mit einem Lachen im Gesicht. Hungrig und frustriert musste ich feststellen, dass mein Kühlschrank nicht wirklich das beinhaltete, auf was ich Lust hatte. Zum Glück hatte ich immer Toastbrot Scheiben zu Hause, also beschloss ich Toast Hawaii zu machen. Während ich genüsslich meinen Toast im Wohnzimmer ass, sah ich fern. Da ich nur noch Netflix schaute, hatte ich schon seit Monaten nicht mehr normal ferngesehen. Ich war gerade fertig mit einer wirklich sehr guten Serie, sie hiess Pretty Little Lars und war eine der besten Serien, die ich jemals gesehen hatte. Obwohl sie sich sehr in die Länge zog, hatte sie ein sehr spannendes und nicht vorhersehbares Ende, bei dem ich sogar weinen musste. Aber genug zu dieser genialen Serie, denn in den Nachrichten kam ein Beitrag über den Club

99. Ich spuckte fast mein letztes Stück Toastbrot aus dem Mund, als ich den Krankenwagen im Hintergrund sah. Stimmt, wie war ich überhaupt gestern nach Hause gekommen? Und noch eine viel wichtigere Frage war, wo war Lexa? Vor Schreck zuckte ich einen kurzen Moment zusammen, ein eiskalter Schauer fuhr mir über den Nacken. Ich war auf einmal so besorgt. Was war, wenn Lexa ins Krankenhaus musste? Voller Sorgen und Fragen schrieb ich ihr 12 Nachrichten und versuchte sie mehrmals anzurufen, doch ich bekam keine Antwort. Sofort beschloss ich ins Krankenhaus zu fahren! Aber bevor ich losfuhr, beschloss ich, mich noch abzuschminken, denn ich sah im Vergleich zu gestern richtig schlimm aus. Im Krankenhaus ahnte ich, dass es Lexa nicht gut ging. Auf einmal kam mir alles wie in Zeitlupe vor. Mein Herz raste wie verrückt. Ich schwitze wie ein Bison. Mit schwitzigen Händen mich am Empfangstisch abstützend räusperte ich mich bevor ich sprach: „Hmmm,

können sie mir sagen, ob Lexa Jennings hier ist...
und was passiert ist...und ob es ihr gut geht? Ich
bin ihre beste Freundin und habe keine Erinnerun-
gen an gestern Abend." Die Frau am Empfang
machte grosse Augen, schluckte und sagte mit zittriger Stimme: „Folgen sie mir!" Das tat ich. Ich
folgte der ganz in weiss gekleideten Frau durch einen weissen Gang. Den halben Gang schaffte ich,
doch dann merkte ich, wie übel es mir wirklich war
und ich musste auf dem nächsten Stuhl eine Pause
machen. Die Frau brachte mir einen Becher mit
Wasser. Diese Krankenhausübelkeit hatte eine Vor-
geschichte aus meiner Kindheit. Als dreijähriges
Mädchen musste ich notfallmässig ins Krankenhaus
gebracht werden, weil ich keine Luft mehr bekam.
Im Krankenwagen bekam ich dazumal einen Sau-
erstoffschlauch angehängt und so konnte ich wieder
atmen. Die Ärzte behielten mich dann noch eine
ganze weitere Woche für Untersuchungen dort.
Und genau dort geschah es; ich bekam eine Infusi-

on- genau, ich hing an Schläuchen. Zum Teil spüre ich heute noch die Schmerzen in meinen beiden Handgelenken! Es war schlimm, und wie ein Trauma für mich und genau darum ging ich nie wirklich gerne ins Krankenhaus. Denn jedes Mal, wenn ich in ein Krankenhaus ging, erinnerte ich mich daran und die Schmerzen kamen zurück.

Zwischenzeitlich hatte ich mich wieder beruhigt und ich folgte der weiss gekleideten Frau, die sich mir als Leandra vorstellte, weiter durch den Gang. Wir fuhren mit dem Lift in den vierten Stock. Dieser Gang war rot gestrichen. Ich folgte Leandra zitternd und voller Angst durch den roten Gang. Vor dem Zimmer mit der Nummer 489 blieb sie stehen. „Hier ist ihre Freundin untergebracht. Ihr geht es den Umständen entsprechend gut, aber sie muss noch bis Samstag hier bleiben" sagte sie leise. Ich nickte, doch bevor wir reingingen, fragte ich welchen Tag wir überhaupt hatten, weil ich das nicht wusste. Leandra sagte mir dass es 17: 56 Uhr am Mittwoch dem 15. Oktober 2018 war. Geschockt sah ich sie an, Ich hatte drei Tage geschlafen. Macht mir das zuerst mal nach! So einen krassen Kater hatte ich in meinem Leben noch nie. Leandra ging ins Zimmer rein und da sah ich sie, eine ganz bleiche und schwache Lexa. Ich rannte zu ihrem Bett und fing an zu weinen. Alle Gefühle brachen über mich herein- Trauer, Übelkeit, Hunger, Wut, Freude, aber vor allem war es Erleichterung. Lexa heulte mit mir und als ich Leandra ansah, merkte ich, dass sie auch fast anfing. Wir heulten zuerst mal gefühlte…ach was sage ich da, ein gutes Zeitgefühl hatte ich sowieso noch nie. Einfach irgendwann hörten wir auf zu heulen und sie erzählte mir, was passiert ist. „Also am Sonntag-Abend gingen wir feiern, du und ich, wir waren so betrunken, dass Jake uns anscheinend nach Hause fuhr. Zuerst hatte er dich in deiner Wohnung abgeladen, doch er wollte dich nicht alleine lassen, da hat er einen seiner Kumpel angerufen und der kam vorbei um auf dich aufzupassen. Danach hat Jake mich nach Hause gefahren und ist mit mir in meine Wohnung mitgekommen. Danach…", sie fing wieder an zu heulen. „Da habe ich ihn geküsst Ali, ich habe ihn einfach geküsst, aber ich liebe ihn nicht mehr. Er hatte anscheinend nichts dagegen und wir machten ein bisschen rum. Dann wollte er mich ausziehen, ich hätte es auch fast zugelassen, aber da kam mir der Gedanke Ali. Du weisst, dass ich fast ein Kind von ihm bekommen hätte, wäre es nicht noch in meinem Bauch drin gestorben. Was wäre geschehen wenn er wieder kein Kondom benutzt hätte, wie beim letzten Mal. Doch dieses Mal hätte es überlebt und ich hätte ein Kind von diesem Dreckskerl bekommen. Also habe ich ihm gesagt, dass wir aufhören sollten, aber er hielt mich fest und faste meinen Körper unerlaubt an. Ich zog meine Hand von ihm weg und sagte er soll aufhören, doch er machte einfach weiter. Da wurde ich so wütend und schlug ihm meine Faust ins Gesicht.

Danach rannte ich zur Tür und Jake verfolgte mich. Kaum an der Tür angekommen, öffnete ich sie, roch die frische Luft und übergab mich, direkt vor meiner Wohnungstür. Jake war dann noch so sozial und fuhr mich in dieses Krankenhaus", sagte sie und ununterbrochen kamen ihr Tränen aus den mit Augenringen geschmückten Augen. „Meine Güte du Arme, du tust mir so leid. Es tut mir soooo so unendlich leid, dass ich nicht schon früher gekommen bin, aber ich schlief die letzten drei Tage fast ohne Unterbruch durch", sagte ich mit einem richtig schlechten Gewissen. Ich versprach Lexa, bis Samstag bei Ihr im Krankenhaus zu verbringen. Sie schlief zufrieden ein und ich beschloss mir in der Cafeteria einen Kaffee zu holen. Leandra begleitete mich und wir führten ein bisschen Smalltalk. Sie erzählte mir von Ihrem Job, Ihrer Familie und Ihrem Leben und ich Ihr von meinem. Leandra fand es unheimlich interessant, dass ich Autorin war. Sie verriet mir, dass sie auch mal ausprobiert hatte ein Buch zu schreiben, doch dass sie nie richtig zufrieden war mit ihrer Leistung. Da ich in den nächsten Tagen sowieso nichts zu tun gehabt hätte, bot ich ihr an, es mir mal zu zeigen, sodass ich es mir durchlesen konnte. Sie strahlte sehr unheimlich und freute sich darüber, wie ein Kleinkind auf seine Geschenke an Weihnachten. Nachdem Leandra ihren Kaffee ausgetrunken hatte, musste sie weiterarbeiten. Ich dagegen beschloss noch einen weiteren Kaffe zu trinken. So sass ich also alleine, meinen tiefen Erwartungen entsprechend guten Kaffee trinkend, an einem grossen blauen Tisch am Fenster der Cafeteria. Als ich meinen Kaffe zu Ende getrunken hatte, machte ich mich wieder auf den Weg in Lexa's Zimmer. Langsam lief ich durch den für mich beängstigenden Gang. Auf meine Atmung achtete ich sehr stark, ich wollte natürlich nicht wieder in Ohnmacht fallen. Mit zittrigen Beinen beim Lift angekommen, drückte ich den Knopf. Es vergingen dreissig Sekunden bis der Lift kam. Die

Türen öffneten sich und da schrie ich wie am Spiess.

Kapitel 3:

Der Schock, als ich diesen toten, Mitte sechzig jährigen Mann am Boden liegen sah, war riesig.
Sein Hemd und der Liftspiegel waren mit Blut ver-
schmiert. Ich wollte nicht hinsehen, doch wegsehen
konnte ich dennoch auch nicht. Verzweifelt rief ich
um Hilfe, doch hören konnte mich niemand. Mir
kamen erneut die Tränen und ich rannte zum
Empfang und schilderte die Situation. Die Frau am
Empfang, die komischerweise nicht Leandra war,
rief sofort sämtliche Ärzte. Auch rief sie die Polizei
und bot mir ein Glas Wasser an. Immer noch völlig
geschockt, sass ich auf dem Stuhl beim Empfang,
als mich die Polizei über den Vorfall ausfragte. Ich
fragte mich, ob die Polizei nicht ein bisschen mehr
Verständnis für meinen Schock hätte haben können, immerhin hatte ich gerade einen toten Mann
im Lift entdeckt. „Wir müssen Sie mit auf das Revier nehmen, sodass Sie uns noch genauere Infor-
mationen geben können", sagte die Polizistin mit

den langen, schön glatten Haaren. Ich suchte Leandra, ich musste Ihr dringend sagen, dass sie Lexa Bescheid geben sollte. Also stand ich auf und rannte los. Doch weit gekommen bin ich nicht. Die Polizei stoppte und verhaftete mich, denn sie meinten ich versuchte zu fliehen.

Auf dem Revier brachten sie mich in Handschellen in einen dunklen Raum mit einem Spiegel, wie man es aus den Filmen kannte. Es ging nicht lange, da betrat ein Polizist mit schwarzen, kurzen Haaren den Raum. „Guten Tag Mrs. Markel, ich bin Officer Brandon und werde Ihnen ein paar wichtige Fragen stellen müssen", sagte er mit einer rauen, ernsten Stimme. „Dann fangen wir doch direkt an: Waren Sie am Mord dieses Mannes beteiligt?", fragte er und zeigte mir ein Bild eines Mitte sechzig jährigen, grauhaarigen Mannes. „Wie bitte?", fragte ich mit weit aufgerissenen Augen. „Ich wiederhole mich nur ungern: Waren Sie am Mord beteiligt?" Wiederholte er noch ernster. „Ich habe sie schon verstanden! Nein natürlich nicht, ich habe ihn tot im Lift gefunden", sagte ich in einem etwas frecheren Ton. „Wir haben die Kamera-Aufnahmen durchgeschaut und sahen, wie sie zögerten, Hilfe zu holen", sagte er grimmig. „Ja natürlich habe ich gezögert, ich stand oder besser gesagt, ich stehe immer noch unter sehr grossem Schock", zischte ich. „Das sie unter Schock stehen, ist offensichtlich, doch ist es Zufall, dass die Aufnahmen fehlen, wie der Mann in den Lift gestiegen ist?", fragte er misstrauisch. „Ich trank in der Cafeteria einen Kaffee mit Leandra vom Empfang, bevor ich zum Lift gelaufen und die Leiche gefunden habe", versuchte ich zu erklären. „Haben sie irgendwelche Beweise, dass sie dort gewesen sind, einen Kassenzettel vielleicht?", fragte mich Brandon, mit einer genervten Stimme. Ich überlegte kurz und tatsächlich erinnerte ich mich an den Kassenzettel meines zweiten Kaffee´s, doch wo hatte ich ihn hingetan? Als ich meine Jackentasche durchsuchte, sah mich

Brandon ziemlich kritisch an, als hätte ich jeden Moment eine Waffe gezückt. Enttäuscht musste ich dann feststellen, dass meine Jackentasche leer war. „Ich weiss nicht mehr ,wo ich den Kassenzettel hingetan habe", flüsterte ich den Tränen nahe. „Mrs. Markel, von welcher Dame Namens Leandra vom Empfang sprechen Sie bitte? Können Sie diese Dame beschreiben?", fragte er. Ich überlegte kurz, doch dann hatte ich ein klares Bild von ihr in meinem Kopf. „Natürlich, Leandra ist eine junge, braunhaarige, schlanke und von mir au ungefähr dreissig Jahre geschätzte Frau mit einer normalen schwarzen Brille. Sie erzählte mir von ihrer älteren Schwester, dass sie aufs Gymnasium ging als sie jünger war und dass sie eine Siam-Katze als Haustier hat. Brandon verliess ohne ein Wort zu sagen den Raum. Da sass ich nun in diesem Raum, hatte schwitzige Hände und war auf nichts vorbereitet. Ich wusste nicht, wie lange ich wartete, aber es kam mir wie eine Ewigkeit vor. Die Tür wurde wieder geöffnet und Brandon kam hinein. Von diesem Moment an kam mir wieder einmal alles wie in Zeitlupe vor. „Mrs. Markel, Sie müssen mir jetzt vertauen!" Die Frau von der Sie sprachen, arbeitet nicht im Krankenhaus, niemand hat Sie jemals dort gesehen. Sie brauchen wirklich Hilfe", sagte er während er mir deutliche Anzeichen machte ihm zu folgen. ´Heilige Scheisse, wo bringt er mich hin´, ging mir durch den Kopf, während ich mit Handschellen im Polizei Auto sass. Wir fuhren nicht sehr lange, bis wir an einem normal aussehenden Haus ankamen. Brandon begleitete mich in das Haus hinein und füllte irgend so ein Formular aus. „Mrs. Markel Sie bleiben, bis auf weiteres hier, bis sie vor das Gericht gehen könne, dann wird weiter Entschieden", instruierte mich die etwas ältere Frau am Eingang.. „Wo bin ich?", fragte ich mit einer leichten Vorahnung, dass dies eine Psychiatrie sein könnte.. „Setzten Sie sich bis ich zurück komme Mrs. Markel" sagte Brandon und zeigte auf den roten Stuhl in der Ecke des Einganges. Ohne jegliches Wort setzte ich mich auf den kalten Stuhl und schwieg. Brandon lief den Flur entlang und verschwand in der Herren-Toilette. Ich hörte die Uhr ticken. Es machte mir sehr grosse Angst, und ich spürte die langsam aufkommende Gänsehaut an meinen Armen. Die Frau beobachtete mich, als ob ich jeden Moment abgehauen würde. Ich zählte die Sekunden, vierzehn, fünfzehn, sechzehn, siebzehn. Mir war kalt und ich wollte einfach nur noch nach Hause in meinem bequemen Bett einschlafen und das Alles vergessen. Nach genau siebenundvierzig Sekunden schaute die Frau wieder zu mir. Zwei himmelblaue Augen eines blassen, mit Falten bedeckten Gesichts, schauten mir direkt in meine. Plötzlich fing sie an zu zittern. Ich rannte zur Frau und versuchte erste Hilfe zu leisten, doch wusste ich nicht genau wie, Ich schrie um Hilfe, vergebens. Meine Augen füllten sich mit Tränen. Was passierte da gerade? In diesem Moment, sah ich am anderen

Ende eine Frau, die zu uns rannte. Ich erkannte sie, also war ich doch nicht verrückt. Es war Leandra. Für einen kurzen Moment im Revier schien ich mir selbst nicht mehr ganz geglaubt zu haben. Ein bisschen verwirrt aber trotzdem ein wenig erleichtert bat ich sie um Hilfe. Sie half mir den Puls der Frau zu beobachten und erklärte mir, dass es ein epileptischer Anfall sei. Der Anfall war nach genau sechs Minuten zu Ende. „Warum hast du mir erzählt, du arbeitest im Krankenhaus am Empfang, Leandra?, falls dies überhaupt dein richtiger Name ist", fragte ich sie mit einem Hauch voll Hass in meiner Stimme. Sie sah mich an, öffnete ihren Mund aber schloss ihn wieder, schwieg. Wütend wandte ich mich von ihr ab. Die Frau kam zu sich und fragte flüsternd, was passiert sei. Ich erzählte ihr detailliert was passiert war, dass ich und Leandra sie betreut hatten, während dem Anfall. Ich drehte mich um und wollte ihre Bestätigung doch dann küsste sie mich und verschwand aus der Tür.

Kapitel 4:

Erstarrt stand ich da mit einer Gänsehaut. Mir war gleichzeitig warm und kalt. Ich kam in diesem Moment nicht mit meinem Leben klar. Ich war einfach nur total verwirrt. Oh nein stimmt es was Officer Brandon gesagt hatte?, fragte ich mich verzweifelt. Bin ich ein Fall für die Klapse? Mir war kalt, warm, kalt und danach nur noch heiss bis alles um mich schwarz wurde und ich umfiel.

Warte, war das ein Traum? Ich blinzelte als ich langsam meine Augen öffnete. Wo war ich? Alles um mich herum war weiss, der Schrank links neben dem Bett auf dem ich lag, das Spülbecken und die Lampe rechts neben meinem Kopf. Als ich aufstehen wollte durchzuckte mich ein übler Schmerz, der mich wieder ins Bett schleuderte. Ich sah an meine Handgelenke hinunter, an denen sich schon rote Abdrücke von den Fesseln, mit denen ich angekettet bin, bemerkbar machten. Kurz hatte ich mir überlegt um Hilfe zu schreien, aber ich wusste auch ohne Hinweis einer mir fremden Person, wo ich mich in diesem Moment befand. Genau ich war in einer Psychiatrie gelandet. Heilige Scheisse! Ich denke, die hatten mir irgendwelche Pillen eingeworfen, von denen ich üble Kopfschmerzen bekommen hatte. Kein Wunder kommen die meisten nicht wieder aus der Psychiatrie, wenn man nur schon verrückt wird ab diesen Pillen. Mir war kalt und ich hatte keine Decke, deswegen musste ich wohl oder übel um Hilfe rufen. „Hilfeeeeee, mir ist kalt und ich will aus dieser Psychiatrie entlassen werden, verdammte Scheisse", schrie ich so laut ich nur konnte. Als Zeitvertreib zählte ich die 379 Sekunden, bis endlich ein blonder, anfangs zwanzig jähriger Psychologe in dieses Zimmer eintritt und sich als Herr Steve Vaughan vorgestellt hat. Er umklammerte ein Klemmbrett mit seiner rechten Hand und einen Kugelschreiber mit seiner linken. Es herrschte für einen Moment Totenstille, in der wir uns gegenseitig wie wilde Tiere beobachteten. Mit einem räuspern unterbrach Steve Vaughan diese, für uns beide schrecklich irrsinnig peinliche Situation. Beängstigend langsam lief er zum Schrank und brachte mir eine Decke. „Ich muss mich im Namen der ganzen Psychiatrie bei ihnen entschuldigen, wir lassen unsere Patienten normalerweise nicht ohne Decke ans Bett ketten" „Apropros", sagte er mit einem Lächeln, „es ist nicht mehr nötig, dass wir sie weiter ans Bett ketten müssen" und holte einen Schlüssel aus seinem weissen Ärzte-Kittel. Er deutete auf meine Handgelenke und schüttelte den Kopf. „Diese Praktikanten bringen mich noch dazu, auch einmal hier an ihrer Stelle zu liegen. Bei Allem was sie machen passiert ihnen ein Fehler, aber wirklich bei Allem, verfluchte Scheisse", schimpfte er. Als meine Handgelenke endlich wieder frei waren, lächelte ich zum ersten mal seit langer Zeit. „Nehmen sie die Tabletten, sie sollten ihnen helfen, falls sie von den anderen starke Kopfschmerzen bekommen haben", sagte er und zeigte auf das Tablett, das auf dem Nachttisch stand. „Ich werde heute noch einmal zu ihnen kommen und mit ihnen einige Tests durchführen", sagte er und verschwand durch die Tür. Ich befolgte seinen Rat und schluckte die drei weissen Tabletten runter. Danach lief ich zum Schrank und sah hinein, da mich der Inhalt langweilte ging ich zum Spülbecken und spuckte hinein. Mir war da schon langweilig und als ich daran dachte, dass ich möglicherweise für mehrere Monate dort wäre wurde es kotzübel und musste erbrechen. Um einen klareren Kopf zu kriegen und einen Plan zu schmieden um von dort zu verschwinden, beschloss ich so viel zu schlafen, wie nur möglich. Ich hoffte, so meine Kopfschmerzen und die mir bevorstehenden Tests von Vaughan gut zu überstehen. Ich erschrak als ich die Augen öffnete, denn Vaughan sass direkt neben meinem Kopf, auf einem Stuhl und wieder hielt er sein Klemmbrett in der Hand. Ich fühlte wie mein Herzschlag sich langsam wieder beruhigte. „Wie lange muss ich noch hier bleiben?", fragte ich schläfrig und wütend zugleich. „Ali, du wirst von hier nicht so schnell wieder wegkommen, jetzt haben wir dich ja erst hier her bekommen und es war nicht einmal so schwierig, wie wir es uns vorgestellt hatten. „Was, wie meinen sie das? Und wer ist die andere kranke Person, die mir so etwas antun würde", fragte ich geschockt und hörte wie mein Herzschlag immer schneller wurde. Er lachte unheimlich und sagte: „Warte, ich hole sie. Du wirst sie lieben" Ich wollte ihm gerade eine ins Gesicht klatschen und dann verschwinden, doch da spürte ich wieder diesen Schmerz, dieser Idiot hatte mich wieder angekettet. Dieses Arschloch konnte sich kein Schmunzeln unterdrücken. Aber da fiel mir etwas ganz Wichtiges auf, sein Schmunzeln. Es erinnerte mich an, ein für mich bekanntes Schmunzeln, doch ich wusste nicht mehr woher ich es kannte. Weil ich dermassen in meine Gedanken versunken war vor lauter Nachdenken, bemerkte ich nicht, dass jemand zur Tür hineingekommen war. Die Frau, die hinein kam hatte schwarze Haare und kam langsam auf mich zu. Sie kam auf mich zu gelaufen, griff sich an ihren Nacken. Ich konnte es kaum glauben, die schwarzen Haare waren eine Perücke. Sie öffnete ihre echten Haare und da erkannte ich sie. Ich fragte mich ob ich träumte, doch ich war hell wach. Ihr Mund öffnete: „Erkennst du mich wieder, ich habe mich ein bisschen verändert seit du mich das letzte Mal gesehen hast." „Ich weiss, wer du bist…Mutter", sagte ich mit einer hasserfüllten Stimme.

Kapitel 5:

„Ich kann verstehen…", fing sie an. „Stopp, hör auf zu reden. Ich dachte du wärst tot, ich dachte, du hattest einen tödlichen Unfall…", zischte ich sie an und Tränen liefen mir die Wangen hinunter vor lauter Enttäuschung, „Wo… wo warst du in dieser Zeit? Warum hast du deinen.. tot vorgetäuscht?. Ich.. ich habe um dich getrauert und bekam sogar Depressionen wegen dir. Und du? Jetzt kommst du in diese Psychiatrie um mir einen Besuch abzustatten oder hast du bei dieser Entführung von diesem Psycho Namens Steve Vaughan mitgemacht? Wenn er überhaupt Steve heisst." Als ich den Namen Steve sagte, sah ich, wie ein Schauer sie durchzuckte. Sie fing plötzlich an ganz leise zu reden: „Was, Steve ist hier? Verdammte Scheisse wir müssen von hier verschwinden, sonst wird er uns beide töten. Alison, er ist der Grund warum ich meinen Tod vorgetäuscht habe!" WAAS? Die Tür ging auf und Steve kam mit einem überraschten

Gesichtsausdruck hinein. „Was für eine Freude, wir haben Besuch. Hast du mich vermisst, Mutter?", fragte er mit einer tiefen Stimme. Das Alles zu erfahren, an einem Tag, und dazu noch in einer Psychiatrie, ist so sehr verwirrend. „Mom... willst du mir etwas sagen?", fragte ich verwirrt. Da wurde die Tür noch einmal aufgemacht und Leandra kam hinein. Ich, Mom und Steve sahen zu ihr. „Hallo Mutter", sagte sie während sie in ihrer rechten Hand eine Waffe hielt. „Willst du unsere Familiengeschichte hören, Schwesterlein?", fragte mich Steve während er den Kopf zu mir drehte. „Sorry, ich bin gerade total verwirrt", sagte ich und sah zu Mom. „Ich nehme an, das war ein Ja. Wärst du so lieb und erklärst unserer verwirrten lieben Alison unsere Familiengeschichte, Mutter", sagte Leandra und hielt Mom die Waffe an den Kopf. „Also gut. Alison, alles fing an als du drei Jahre alt warst. Ich und dein Vater hatten da oft Meinungsverschiedenheiten und unsere Ehe war, sagen wir sehr kompliziert. Auf jeden Fall hatte ich versehentlich einen One Night Stand und wurde schwanger. Vor deinem Vater konnte ich es nicht lange verstecken also beichtete ich ihm alles nach drei Monaten. Und du kannst dir gar nicht vorstellen, wie wütend er war. Klar, ich kann es ihm nicht verübeln. Aber wir kennen beide deinen Vater genug gut um zu wissen, dass er sich irgendwann wieder beruhigt hatte. Jedoch hat er mir von Anfang an gesagt, er würde dieses Kind nicht akzeptieren. Mir gefiel diese Idee überhaupt nicht, doch ich wollte dich nicht verlassen, du warst doch noch so klein, Ali. Auf jeden Fall hat mir dann mein Frauenarzt mitgeteilt, dass es Zwillinge werden würden und wir hätten sowieso nicht das Geld für drei Kinder gehabt. Darum beschloss ich den Zwillingen, die ich direkt nach der Geburt weggegeben habe, wenigstens noch einen Namen zu geben. Ich gab ihnen die Namen Leandra und Steve. Ali, dein Vater hat nicht gewollt, dass ich weiss, wo sie hingebracht wurden, darum hatte ich bis vor drei Jahre keinen einzigen Kontakt zu ihnen" „Genau! Mutter hatte keine Ahnung, in welchem Drecksloch wir aufwachsen mussten. Alison du hattest all den Luxus und wir mussten manchmal sogar mit unseren tollen Pflegegeschwistern ums Essen streiten", beklagte sich Leandra und hielt auf einmal mir die Waffe an den Kopf. Ich zitterte und hatte Angst, nur den leisesten Ton von mir zu geben. „Ja zittere, bettle um dein Leben, so wie wir es mussten, du verwöhnte Göhre", schrie mir Leandra ins Ohr. „Erzähl weiter Mutter, oder Leandra erschiesst Alison", drohte Steve. „Aber es ist nicht Alison´s Schuld, was ich getan habe", sagte Mom mit zittriger Stimme. „Es reicht mir!", schrie Leandra und schoss mir ins Bein. „Verdammtes Miststück!", schrie ich und fiel in Ohnmacht. Diese paar Sekunden taten mir gut, sie halfen mir, alles vorerst zu verarbeiten. Doch dann spürte ich etwas in meinem Gesicht. Diese Missgeburten haben mir Wasser über den Kopf geschüttet. „Guck mal wer wieder aus ihrem Schläfchen erwacht ist, unser Dornröschen. Ah was für ein guter Übergang", sagte Steve und näherte sich mir. Er schloss die Ketten auf und zwang mich aufzustehen. Ich schwöre, ich hätte ihn umbringen können, wäre da nicht Leandra mit einer Waffe gestanden. „Ich weiss von deinem Trauma. Willst du, dass ich dir Blut abnehme, Schwesterherz?", grinste er. „Natürlich nicht du kranker Psycho, wir haben zwar die selbe Mutter, aber du und Leandra werden von mir definitiv nie als meine Geschwister anerkannt", schrie ich ihm wütend ins Gesicht, nachdem ich ihn anspuckte. Wütend schleuderte Steve mich an die Wand und riss Leandra die Waffe aus der Hand. Er rannte auf mich zu und hielt mir die Waffe an den Kopf: „Wir spielen jetzt ein kleines Spiel Schwesterlein. Es heisst: du oder sie", grinste er. „Mutter, du willst sicher beginnen, denn du bist Schuld daran, dass dieser Albtraum hier begonnen hat", sagte er mit einer ruhigen Stimme. „Also, entweder nimmt Leandra dem spuckenden Lama Alison Blut ab, oder du, Mutter. Es ist allein deine Entscheidung", grinste er und wartete gespannt auf ihre Antwort. „…ähmm wenn denn mach ich es. Leandra wäre nicht fähig für das", sagte Mom provokant. „Schön, lasst uns spielen", sagte Steve während er eine Nadel vorbereitete. Steve gab Mom die Nadel und sagte: „Lasst uns die Spiele beginnen." Ängstlich an der Wand stehend, spürte ich an meinen Armen eine langsam aufkommende Gänsehaut. Mom sah die Nadel skeptisch an und kam meinem Arm näher. Ich denke, in diesem Moment konnte man mir meine angst sehr gut ansehen. „Keine Angst Ali, ich war ja früher mal Krankenschwester, ich weiss, wie das geht!", sagte sie und schenkte mir ein Lächeln, so wie sie es früher immer tat, wenn sie mir Mut machen wollte. Doch dennoch, hatte ich grosse Angst wieder ohnmächtig zu werden. „Desinfektionsmittel wäre jetzt keine schlechte Idee und ein Pflaster für nachher würde auch nicht schaden", sagte meine Mutter, als sie die Nadel genauer ansah. „Boooooahhhh, wollt ihr auch noch einen Kuchen oder was?", fragte Steve ironisch. Offensichtlich genervt gab er Leandra ein Zeichen, sie lief zum Schrank und holte eine Packung Pflaster heraus und warf sie Mom zu. „Danke", sagte Mom und sah zu Steve und Leandra. Von Leandra kam nur ein spöttisches „Pfff" zurück. „Und Desinfektionsmittel?", fragte Mom in der Hoffnung eine Flasche zu bekommen. Jedoch bekam sie weder eine verbale, noch eine gestische Antwort auf ihre Frage. „Na gut, hoffen wir die Nadel ist nicht zu sehr verschmutzt", sagte Mom und sah mich mit einem hoffnungsvollen Lachen an. Ihr Lachen, erinnerte mich an meine Kindheit, als ich und Lexa gemeinsam auf der Wiese vor meinem Haus spielten und ich Mom mit genau diesem Lächeln erwischte, wie sie uns vom Küchenfenster aus beobachtete. Mir rollte ein Träne die Wange hinunter. Es war unglaublich schön, noch einmal ihr Lachen gesehen zu haben, bevor ich wieder in Ohnmacht fiel.

Kapitel 6:

Ich erschrak, als ich einen Schuss und einen Schrei hörte. Den Schrei konnte ich nicht richtig einem Geschlecht zuordnen, doch ich schätzte, dass der Schrei von Mom kam, da ja Steve eine Waffe hatte und nicht sie. Langsam öffnete ich meine Augen, schon vorbereitet, dass der tote Körper meiner Mutter auf dem Boden liegen würde. Doch zum Glück täuschte ich mich und meine Mom kniete neben mir. Als ich aufsah, sah ich Leandra mit einer Schusswunde auf dem Boden liegen und da stand jemand in der Tür mit einer Waffe. Der Mann mit der Waffe zielte dann auf Steve und fragte mich und Mom ob wir verletzt seien. Mom schüttelte den Kopf und erklärte dem Mann, dass sie mir mit der schmutzigen Nadel Blut abnehmen musste und dies womöglich zu einer Infektion führen konnte. Der Mann sah plötzlich ziemlich verzweifelt aus, holte sein Handy aus der Tasche und rief jemanden an: „Hi hier ist McRae, ich brauche einen Krankenwagen und Hilfe mit den beiden Markel- Zwillingen. Ja, Toby hält hier die Stellung und ich bringe Alison und Elisabeth nach Hause. Oke bis später, bye" Noch ein Mann kam in den Raum, er hielt auch eine Waffe in der Hand und zielte auf Steve. Ich begann nachzudenken, denn McRae habe ich doch schon einmal irgendwo gehört. Ouuu, da fiel es mir ein, dieser Typ war mir im Starbucks begegnet. Vor lauter Nachdenken bemerkte ich nicht, wie ich von ihm aus dem Raum getragen wurde.

Er hielt mich fest in seinen Armen. Ach, sein Geruch, seine Muskeln. Er, einfach ein himmlischer, attraktiver, braunhaariger Mann. Ich fühlte mich auf eine Art geborgen und beschützt, eine Art die ich schon seit einer gefühlten Ewigkeit nicht mehr spüren durfte. Er musste wirklich wie ein Held ausgesehen haben, als er mit mir im Arm und gefolgt von meiner Mom, aus der Psychiatrie lief. Als er mir in den schwarzen Mercedes-Benz half, trafen sich unsere Blicke. Ich merkte, wie mein Atem stockte, ich schloss meine Augen und ich spürte seine Lippen auf meinen. Auf einmal zog er seine Lippen weg und stiess die Autotür zu. Meine Mutter stieg zu mir hinten ins Auto und er übernahm das Steuer. Er fuhr mit einer derartigen Gelassenheit diesen lässigen schwarzen Mercedes-Benz, dass sich jede Frau in diesen Anblick verlieben konnte. Doch Pech für die anderen Frauen auf dieser Welt, denn ich war diejenige, die er geküsst hatte und ich war zugegebenermassen verdammt stolz darauf. Meine Mom nahm meine Hand und sagte: „Vergib mir Ali, dass ich meinen Tod vorgetäuscht hatte, aber ich will dass du weisst, dass ich dich beschützen wollte und ich dich über alles liebe" Ich sah sie an und sagte: „Ich vergib dir Mom. Ich liebe dich auch" Ich merkte, wie mein Herz immer langsamer schlug und die Schmerzen meiner Blutabnahme weniger wurden.

Fühlte sich so sterben an? Wenn ja, hatte ich es mir schlimmer vorgestellt. Ich wurde schwächer und schwächer und meine Augen schlossen sich langsam. Mein Leben hatte Höhen und Tiefen, und ich bin froh beides erlebt zu haben. Ich, Alison Markel verabschiede mich hiermit von dieser Welt.

Zeitfracht Medien GmbH
Ferdinand-Jühlke-Straße 7
99095 Erfurt, Deutschland
produktsicherheit@kolibri360.de